# L'ANTI-MARTIAL,

## ou

# LES EXTRAVAGANCES

## DE LA GUERRE.

# L'ANTI-MARTIAL,

## ou

# LES EXTRAVAGANCES

## DE LA GUERRE.

### BOUTADE D'UN POÈTE.

### PAR F. DE T.

Bienheureux sont les pacifiques.
(St.-Mathieu, ch. 5.)

# PARIS,

## CHEZ LES MARCHANDS DE NOUVEAUTÉS.

## 1816.

# A MA MUSE.

Maintenant que Bellone a déposé sa lance,
Que le bruit du clairon s'est perdu dans les airs,
Muse, il faut profiter de cet heureux silence :
Viens conduire ma main, je crayonne des vers.

Tu sais que de tout temps mon humeur indolente
D'un rhythme rigoureux n'adopta point les tons,
Que les accens partis de ma verve trop lente
N'ont jamais pu créer que d'informes chansons.

Tu sais : je n'eus jamais de nos cerveaux épiques
Les élans, les transports, les fureurs héroïques ;
De la terre jamais je n'allai jusqu'aux cieux,
Afin d'interpeller près la race mortelle,
Pour d'illustres débats, et l'Olympe et ses dieux.
Loin de moi toutefois une ambition telle.

Il convient à vous seuls, poètes imprudens,
De chanter les héros et leurs faits magnanimes ;
Ce sont des meurtriers, et leurs exploits sanglans
A mes yeux indignés sont loin d'être sublimes :
Je ne vois que du mal dans le sang répandu.
En vain un publiciste, habile à nous séduire,

Peut clairement prouver que l'État est perdu,
Si cent mille brigands qu'on a su bien instruire,
Ne vont aux bords du Tage, ou du Tibre, ou du Mein,
Tuer, brûler, détruire, un fusil à la main.
Mais tous ces beaux discours que le démon inspire
Sont toujours dépourvus de sens et de raison ;
L'exemple du passé seul a pu mieux le dire :
Quand un Corse odieux jusqu'aux rives du Don
Conduisoit avec lui d'intrépides phalanges,
La victoire toujours par des succès étranges,
Par des coups inouis couronnoit ses forfaits ;
Les Tigellins nouveaux s'écrioient aux prodiges,
Et Néron se croyoit le héros des Français.
Combien durèrent peu de si brillans prestiges !
Cent batailles n'ont pu nous procurer la paix ;
Il falloit un Bourbon : il vient, tout est tranquille ;
La Discorde en fuyant étouffe ses brandons,
Le glaive encor sanglant se transforme en faucille,
Et le soc dérouillé fait de nombreux sillons.
Tout renaît, tout fleurit. La terre rajeunie,
Le printemps plus brillant, l'automne plus fécond,
Tout prend sous un ciel pur une nouvelle vie ;
C'est que d'un noir chaos, d'un abyme profond,
En dépit des pervers la France se dégage
Et jure pour jamais de vivre sous les lois
D'un prince bien-aimé qui lui donne pour gage
Soixante ans de vertus et l'estime des rois.

# L'ANTI-MARTIAL.

Plus n'est le temps où sous les hêtres
De doux et tendres pastoureaux
Chantoient sur leurs flûtes champêtres
Leurs bergères et leurs troupeaux ;
Où les habitans du village,
Le jour au repos consacré,
Se rassembloient sous le feuillage
D'un chêne antique et vénéré ;
Où pendant qu'un rustique Orphée
Prodiguoit des sons discordans,
Une duègne, aux regards de fée,
Tiroit les cartes aux amans,
Et d'une science certaine
Leur déroulant tout l'avenir,
Leur montroit tour-à-tour la peine
Alternant avec le plaisir !
Plus n'est le temps, où quand Pomone
Etoit favorable à leurs vœux,
La foule à l'entour de la tonne
Transportoit ses aimables jeux,
Et puis les ris, les chants, la danse !
Quand on célèbre l'abondance,
Qu'on n'a ni chagrin, ni souci,
Au village on s'occupe ainsi.

Puis quand l'impétueux Borée
Lâchoit dans la plaine éthérée
Et les frimas et les autans,
On trouvoit d'autres passe-temps ;

Oui, l'hiver même avoit ses charmes;
Alors on ne s'entretenoit
Ni des souverains, ni des armes :
Paisiblement on raisonnoit ;
Joyeusement on racontoit
Les plaisirs pris à la campagne,
Les aventures du voisin,
Les tours galans de sa compagne
Et les goûters de son jardin ;
Puis on parloit de la querelle
Qui brouilloit des amans rivaux,
Et puis de la farce nouvelle
Dont on régaloit les badauds.
Pour se rafraîchir la mémoire,
A la ronde on versoit à boire
Le vin blanc et le vin nouveau ;
Pendant qu'on tiroit du fourneau
Et les marrons et la galette,
Un autre lisoit la gazette
Et proclamoit aux auditeurs
Les sottises de maints auteurs ;
L'autre, d'une humeur plus galante,
De mainte fille sémillante
Assiégeoit les cotillons,
En lui répétant des chansons.
Pour qu'enfin chacun de sa tête
Pût contribuer à la fête,
Les vieillards contoient aux enfans
Des histoires de revenans..

Temps de bonheur, jours d'allégrèsse,
Doux travaux, innocens plaisirs !
Chacun, dans une douce ivresse,
Occupoit ainsi ses loisirs.

Quels changemens, quels jours d'orage
Ont troublé de si doux ébats !
La paix a fui loin d'ici-bas ;
On ne parle que de pillage,
De feu, de sang et de trépas !
Maintenant l'art seul de détruire
Des mortels remplit les instans,
Et quiconque est habile à nuire,
Reçoit pour prix de ses talens
Et l'apothéose et l'encens. (1)

    Loin d'étouffer cet art funeste,
Un souverain à ses sujets
Dans quelque beau discours proteste
Contre le repos et la paix :
L'un nous prouve en style énergique
Qu'il est de bonne politique
De tomber sur les ennemis
Avant qu'il soit en leur puissance
De rassembler tous leurs amis
Et puis de se mettre en défense.

    C'est dire d'une autre façon
Qu'être fort c'est avoir raison ;
Que tout mal devient légitime
Quand on agit le fer en main,
Et que toute l'horreur du crime
Ne retombe que sur le prochain ;
Que ce prochain, faux et perfide,
S'il se sentoit assez puissant,

---

(1) Cette bagatelle fut composée, comme on peut le présumer, sous le règne de Bonaparte ; et comme on le sait aussi, il n'étoit pas permis de publier les vérités de ce temps-là.

Viendroit, dans sa rage homicide,
Chez nous en faire tout autant.
Or, donc, qu'à tous il est notoire
Que pour nous la guerre est un bien,
Qu'il en revient profit et gloire,
Et qu'enfin nous ne risquons rien.

Un autre Roi plus lamentable
Dira que l'état pitoyable
Des banques et des coffres-forts
Exige quelques grands efforts,
Vu qu'une nation ingrate,
Oubliant la foi des traités,
S'avance sur nous et se flatte
Que nous serons fort maltraités.

« O trahison ! peuple parjure,
» Tu prétends flétrir nos lauriers,
» Tu prétends faire quelque injure
» Aux plus généreux des guerriers !
» Mes chers sujets, je vous le jure,
» Sans craindre la déconfiture,
» Vous devez vous battre contre eux :
» Quand on combat pour la justice,
» Alors le sort n'est plus douteux
» Et le Ciel est toujours propice.
» Des ordres sont déjà donnés
» Afin que vous soyez armés,
» Et vous ferez, j'espère, en sorte
» Que quand l'ennemi forcera
» Quelque barrière ou quelque porte,
» Par vous il s'en repentira.
» Vous en aurez un grand mérite,
» Vu qu'il est honnête et licite

» De faire, sous un général,
» Aux ennemis beaucoup de mal.
» Pour le bonheur de mon empire
» Il faut tâcher de les détruire ;
» Ceux que vous ne pourrez tuer,
» Tâchez de les estropier.
» Que sans pitié la lance frappe ;
» Qu'au moins, si quelqu'un en échappe,
» Il soit lardé, taillé, hongré,
» Et Dieu vous en saura bon gré.

Tyrans, c'est là votre langage ;
Le mal est dans tous vos projets :
Si parfois vous parlez de paix,
C'est pour mieux reprendre courage
Et puis en faire davantage.

Oui, Messieurs, vous parlez de paix
Après avoir pillé la terre
Et ruiné tous vos sujets ;
Mais lorsque ceux-ci pour la guerre
Ont pris un funeste penchant,
Comment arrêter le torrent !
Au noble métier de brigand
Alors leur intérêt se trouve ;
Vous n'avez plus aucun espoir
De les rappeler au devoir,
Et la loi vainement réprouve
Les faits coupables des Mandrins ;
Les plus infortunés destins,
Le déshonneur et l'infamie
N'ont jamais aucun ascendant
Sur celui qui donne sa vie
Pour du butin ou de l'argent.

Ces belles phrases sur la gloire,
Ces mots de bravoure et d'honneur
Dont vous farcissez leur mémoire,
Ont gâté leur esprit, leur cœur.
De leurs généreuses prouesses
Ils ont été récompensés ;
Mais les pensions, les largesses,
Sont au-dessous de vos promesses,
Suivant leurs vœux intéressés.
Alors ils font la guerre eux-mêmes,
Et s'ils n'ont vos ordres suprêmes
Pour la faire aux peuples voisins,
Ils la font sur les grands chemins.
Ainsi, Souverains magnanimes,
Après qu'en vos desseins sublimes
Vous en avez fait des héros,
Il faut les punir de leurs crimes
Et leur dresser des échafauds.

La faute à vous, rois débonnaires :
Tous ces gens-là, dans leurs hameaux
Et sur l'exemple de leurs pères,
Se formoient aux rudes travaux,
Aux bonnes mœurs, aux vieux usages ;
Mais ils ont fait, pour vous servir,
De funestes apprentissages.
S'ils marchent pour vous obéir,
C'est dans l'espoir de quelque aubaine
Qui les payera de leur peine ;
Et de leur départ le motif
N'a jamais qu'un but lucratif.

Mais un instant du rang suprême
Daignez descendre près de moi ;

Jugez-les, jugez-vous vous-mêmes,
Et puis soyez de bonne foi.
Examinez bien cet ensemble
D'hommes aux combats amenés :
Pour vous le clairon les rassemble,
Mais c'est pour eux qu'ils sont armés,
C'est pour eux qu'ils ont ceint l'épée :
Si leur attente étoit trompée,
Les premiers vous en pâtiriez,
Et bientôt vous éprouveriez
Qu'il n'est ni Dieu, ni roi, ni maître,
Quand il s'agit de leur bien-être.

Croyez-en plutôt mes récits :
De près j'ai vu maintes batailles,
Et des guerriers des deux partis
J'ai vu faire les funérailles.
De tous écoutez les discours ;
Entendez ce que se propose
Chacun d'eux parlant sans détours :

« Oui, disoit l'un, je suis ici,
» Et j'y viens pour la bonne cause ;
» Mais je compte que dans ceci
» J'attraperai bien quelque chose ;
» Car la guerre fait un grand bien
» A ceux qui ne possèdent rien ;
» Et si la fortune ennemie
» De temps en temps me contrarie,
» Maintenant elle me sourit
» Et je sens naître mon crédit.
» Dans un siècle calme et tranquille
» Pour nous la terre est si stérile,

» Que malgré tout notre labeur,
» Nous sommes sans pain, sans honneur;
» Gens très-chétifs, race piteuse,
» Notre existence malheureuse
» Se désigne ainsi chez les grands;
» Jamais chez eux les sentimens
» Nés d'une pitié douce et tendre
» Ne viennent calmer ou suspendre
» Les peines que nous endurons.
» Dans le besoin nous expirons
» Et ne laissons pour héritage
» Que le désespoir ou la rage
» A des enfans infortunés,
» Déjà malheureux d'être nés.

» Pourtant plongés dans les délices,
» Les heureux passent leurs loisirs,
» Et nomment de cruels supplices
» L'uniformité des plaisirs.
» Lors, si notre voix importune
» Auprès d'eux ose réclamer
» Contre les torts de la fortune,
» On les voit soudain nous blâmer,
» Et sans leur bénigne indulgence
» Nous mériterions la potence.
» Mais c'est à cause du danger
» Que l'on veut bien nous ménager;
» Ainsi leur motif se devine
» A travers leur feinte bonté,
» Et leur charité se ranime
» Seulement pour leur sûreté.
» Comme alors ils sont populaires !
» Ils nous parlent du Roi, de Dieu,
» Nous font des caresses de frères,

» Comme à des enfans de bon lieu.
» Mais certes je ne m'y prends guères ;
» Si maintenant j'ai consenti
» A m'exposer pour leur service,
» C'est que déjà je suis nanti,
» Et j'espère autre bénéfice ;
» Si mon bras est de quelque office,
» Nous saurons, vainqueurs ou vaincus,
» Attraper encor des écus.
» Encore un coup, vive la guerre !
» Les ennemis sont nos amis,
» Par eux nous valons notre prix
» Et sommes comptés sur la terre. »

Beaucoup de gens du même ton
Lui répondoient à l'unisson :
« Oui, quelque chose qu'il arrive,
» Nous avons douce perspective,
» Et nous espérons, dieu merci,
» Que nous ferons affaire ici.
» Car dans cette époque d'orage,
» C'est un précieux avantage
» Que d'avoir en toute saison,
» Ainsi que le colimaçon,
» Sur son dos toute sa maison.
» Quand ailleurs on se désespère,
» C'est toujours un temps très-prospère
» Pour ceux qui n'ont ni feu, ni lieu.
» Or, rendons-en grâces à Dieu. »

Ecoutez les grands de l'Empire,
Qui n'étoient pas là sans rien dire ;
Aussi crûment s'ils ne parloient,
Perfidement ils méditoient ;

Les seigneurs, ducs, barons et comtes,
Avoient de terribles mécomptes
A discuter avec leur roi ;
Car chacun vouloit tout pour soi ;
Et malgré leur haute fortune,
Ils avoient certaine rancune
Qui faisoit entendre hautement
Que chacun n'étoit pas content :
« Eh ! sa Majesté toute bonne
» Craint maintenant pour sa couronne ;
» Certes, elle me fait bien d'honneur
» De me dire que j'ai du cœur ;
» Qu'elle attend tout de mon épée,
» Et ne peut en être trompée.
» Oui , je vois qu'elle attend beaucoup ;
» Mais je veux profiter du coup,
» Et faire si bien , je l'espère,
» Qu'à l'aide des événemens
» Je pourrai fort bien me soustraire
» A ses royaux commandemens. »

Le prince, avant que la bataille
A quelqu'un eût donné raison,
Entre ses dents disoit : « Canaille,
» Vous méritez bien la prison ;
» Maintenant que l'affaire presse,
» Que par-tout mon voisin m'oppresse ,
» Coquins , vous vous faites prier
» Et même presque supplier.
» Mais attendez, si la victoire
» Se décide aujourd'hui pour moi ,
» Certes j'aurai bonne mémoire ,
» Vous verrez si je suis le Roi ;
» Après avoir pris quelques villes

» Et les plaines les plus fertiles

» A l'ennemi que je combats,

» Je me passerai de vos bras

» Et punirai votre insolence. »

Malgré ces projets de vengeance,
Le prince passoit sous silence
A ses gens de petits écarts,
Et des torts de peu d'importance ;
Il savoit bien qu'aux champs de Mars
Thémis ne se présente guère,
Et que le mal qu'on laisse faire
Ne se répare qu'à la paix ;
Bref, pour assurer le succès,
Le prince avec douce manière
Donnoit permission entière
De faire tout ou peu s'en faut ;
Mais tout bas se disoit : « Bientôt
» Cela finira, je vous jure ;
» Et si vos sottises j'endure,
» Si pour vous je suis indulgent,
» Vous le paîrez assurément. »

Pendant le tapage héroïque,
Et pendant qu'on s'entr'égorgeoit,
Bien moins qu'à la chose publique
Chacun à son profit songeoit ;
Le soldat sans crainte attrapoit,
D'ici, de-là, maintes aubaines ;
L'officier faisoit ses fredaines,
Et quoique l'honneur le retînt,
Il prenoit sa part du butin.
Les généraux sur maintes chances
Calculoient de sourdes vengeances ;

Et par quelques mouvemens faux
Ils faisoient tomber leurs rivaux,
Je veux dire leurs camarades,
Dans de cruelles embuscades;
Vu qu'ils s'inquiétoient fort peu
Si le prince en auroit beau jeu :
« Qu'importe pour nous la victoire?
» Le prince en a toute la gloire;
» Je suis justement irrité
» Contre un tel qui m'a supplanté,
» Et qui dans mainte circonstance
» A toujours eu la préférence.
» Qu'il se tire de ce pas-là :
» Sans danger ici me voilà
» Avec mes gens, mon équipage;
» Si maintenant il s'en dégage,
» Il faudra, malgré sa valeur,
» Qu'il m'en doive encor tout l'honneur,
» Car moi seul avec ma cohorte
» Je pourrois lui prêter main forte;
» Mais cela ne m'arrivera
» Que quand il m'en suppliera;
» Et s'il n'y veut perdre la vie,
» Il faut ainsi qu'il s'humilie. »

Tels agissoient les généraux,
Les capitaines, les cornettes,
Et jusqu'aux moindres caporaux.
Ils firent tant par leurs travaux,
Leurs dépits, leurs haines secrettes
Et leurs vengeances indiscrettes,
Que bientôt tout fut culbuté.
En vain alors Sa Majesté
Se portoit partout à la ronde,

Encourageant beaucoup son monde;
Mais le danger devint pressant
Et chacun s'en fut en courant.

Voilà comme on perd la bataille,
Voilà qu'après autant d'efforts,
Les échappés de la mitraille,
Aussi bien que ceux qui sont morts,
Ont tous, selon moi, de grands torts;
Au lieu de s'unir, de s'entendre
Afin de pouvoir se défendre,
Chacun y fait le précieux,
Devient difficile, orgueilleux,
Egoïste, inflexible, avare;
Chacun croit que le sort bizarre
Doive tous les favoriser;
Mais vient-il à les négliger,
Ah! ce sont bien d'autres tapages!
Lors chacun cherche à s'en venger,
A rattraper ses avantages;
Tant pis pour qui sont les dommages.

Mais voyons, qu'est-ce qu'un soldat?
Ce n'est qu'un être automatique
Qu'aux divers besoins de l'Etat
On dresse, on façonne, on applique,
Comme une vile mécanique.
Sans dessein et sans volonté
Il donne aveuglément sa vie
Pour l'honneur et la liberté,
Pour le prince et pour la patrie:
Pour ces grands mots qu'il n'entend pas
On lui fait braver le trépas;

On lui fait quitter sa famille
Et changer un bonheur tranquille
Contre du bruit et du fracas ,
Et des honneurs et des promesses ;
Puis quand vient le temps des largesses,
Mon brave se trouve oublié ;
S'il s'en plaint, il est châtié ,
Et pour surcroît chacun s'en moque.
Mais enfin tout est réciproque.
Vainement veut-on qu'un soldat
Soit toujours fidèle à l'Etat
Et qu'il chérisse bien son maître :
On apprendra de lui peut-être,
S'il raisonne d'après son cœur,
Qu'il aime autant le Grand-Seigneur
Que le roi de Prusse ou de Perse.
Peu lui fait que son sang se verse
Pour le sophi, pour le sultan,
Il n'est fidèle qu'à l'argent ;
Oui, son ame reconnoissante
Lui fait avouer franchement
Que celui-là qui le contente
Est son souverain le plus cher,
Fût-il roi de Fez ou d'Alger.

Un général ? Machine encore ,
De la cour indigne jouet,
Que publiquement elle honore
Et qu'elle gourmande en secret ;
D'un ministre esclave servile,
Il courbe une tête docile,
Afin d'obtenir la faveur
De conduire aux champs de l'honneur

Vingt mille gueux qui n'en ont guère :
En proie aux soucis, aux tourmens,
Il n'est pas long-temps sûr de plaire,
Et voit son existence précaire
Dépendre de ses concurrens,
Du temps et des événemens,
Quelquefois d'une fantaisie.
S'il est vainqueur, bientôt l'envie
Aura ravalé ses succès,
Et des faits dignes d'un Turenne
Il ne recueille que la peine
Et des ennuis et des regrets.
S'il est vaincu, c'est pire encore ;
Sa défaite le déshonore
Plus qu'elle ne sert aux vainqueurs.
Les dégoûts, les souris moqueurs,
La compassion dédaigneuse,
Le mépris d'une cour railleuse,
Partout assiégent ses pas ;
Réduit dans sa triste existence
A souhaiter un prompt trépas,
Il regrette dans le silence
De s'être échappé des combats.

Amans d'une gloire stérile,
Pourquoi donc tant vous tourmenter ?
N'est-il plus de bonheur tranquille ?
Ne pouvez-vous vous contenter
Des travaux, des soins domestiques,
Puisque des affaires publiques,
De vos rivaux, des courtisans,
Même des dignités, des rangs,
Vous êtes toujours la victime ?

Ah ! si l'honneur vrai vous anime ,
Convenez que d'être un guerrier
Est souvent un mauvais métier.

Mais enfin qu'est-ce qu'une armée ?
Ce n'est qu'une troupe affamée
D'un tas de vauriens soudoyés ,
De commissaires, d'employés
Et d'autres gens à mains crochues ,
Comme des bataillons de grues
Venus chez les peuples conquis ,
Souvent sans en être requis.
Chacun y mange, ronge, pille ,
Chacun grossit sa pacotille ,
Et fait des contributions
Suivant le droit des nations.

Quand sur le lieu de la bataille
On voit les soldats s'empresser
Autour de ceux que la mitraille
Vient tout d'un coup de renverser ,
Ce n'est point le motif louable
De tendre une main secourable
Aux blessés qui vont trépasser ;
Ce n'est que pour les détrousser.

Pendant que chacun s'entr'égorge
Au nom de Charles , ou de George ,
Ou de Guillaume ou de François ,
Pour soutenir leurs justes droits ,
Chaque officier dans sa prière
Secrètement demande aux Cieux
De vouloir finir la carrière
De son chef qui se fait trop vieux :

« Hélas ! d'une espérance vaine
» Je suis dupe depuis long-temps ;
» Mon trop vivace capitaine
» Me tient la fortune en suspens ;
» Ah ! si l'ennemi favorable
» Pouvoit lui donner sur le rable,
» Et de ce coup le terrasser !
» C'est à moi de le remplacer. »

Le capitaine plein de vie,
De son côté se dit tout bas :
« Si le canon ne l'expédie,
» Au moins qu'il emporte le bras
» A ce major, ce vieux Rodrigue
» Qui d'un long espoir me fatigue ;
» J'attends sa place, elle est mon bien,
» Car de droit elle me revient. »
Le major fait un vœu semblable,
Et sincèrement donne au diable
Tel colonel, tel général,
Qui souhaitent aussi du mal
A monseigneur le maréchal.

Ainsi tour-à-tour, à la ronde,
Sur le mal d'autrui chacun fonde
Et sa fortune et son bonheur ;
Puis l'on assure que l'honneur
Se rencontre aux champs de Bellonne !

_ Ah ! d'épouvante j'en frissonne :
Quoi ! l'on vante des vagabons
Dont l'unique vertu consiste
A ne pas passer pour poltrons ?
Quoi ! parce que rien ne résiste

A leurs sanguinaires travaux,
On les appelle des héros?
Ah! ce sont tous des homicides,
Et des brigands et des perdus,
Hommes brutaux, grossiers, avides,
Qui n'ont que de fausses vertus.

Vous, demi-dieux, grands de la terre,
Qui vous disputez le tonnerre,
Et puis qui le lancez sur nous,
Au lieu de vous battre entre vous,
Pourquoi donc plutôt sur vous-mêmes,
Pour l'honneur de vos diadêmes,
Ne dirigez-vous pas vos coups?
Heureux et satisfaits de vivre,
Nous souhaitons peu de vous suivre
Jusqu'en ces terribles combats
D'où souvent l'on ne revient pas.
Si la guerre a pour vous des charmes,
A notre bonheur elle nuit,
Et des beaux succès de vos armes,
Vous seuls retirez tout le fruit.
Vous nous flattez, tant que la crainte
A vos yeux ouvre le cercueil ;
Mais après le combat, sans feinte,
Vous déployez tout votre orgueil :
Aux peuples vos flatteurs font croire
Qu'à vous seuls on doit la victoire,
Que seuls vous êtes des héros,
Que vous êtes faits pour la gloire,
Et nous pour payer les impôts.
Nous le voyons. Mais trop crédules,
Souvent par d'ineptes scrupules

A vous nous sommes enchaînés ;
Et puis par nos cœurs entraînés,
Quand votre ambition impie
Nous parle au nom de la patrie,
Hélas ! pouvons-nous résister ?
Pouvons-nous ne pas écouter
Ces voix perfides et trop chères
D'enfans, d'épouses et de mères ?
De ces doux noms fatal abus !
Nous sommes ainsi combattus ;
Mais ces torts-là sont nos vertus,
Les vôtres sont souvent des crimes.

Dans tous vos projets magnanimes,
Vous décidez, pour premier point,
Que sans guerre on ne règne point ;
Mais si vos personnes augustes
Trouvent les combats si charmans,
Songez qu'ils sont pour nous injustes,
Hors de raison et de bon sens ;
Car lorsque par un sort barbare
Un plomb rapide nous atteint
Et nous fait descendre au Ténare,
Tout est fini, tout est éteint.
Un jour de mort, pour vous c'est fête :
Si par hasard un fer tranchant
Vient à frapper sur votre tête,
On pleure, on en fait le semblant,
On vous emporte en vous chantant ;
On met cela sur la gazette,
Et c'est toujours fort consolant.

Après qu'a cessé votre vie,
D'honneurs encore elle est suivie ;

Vos cendres à tous les regards
Reçoivent l'encens dans le temple ;
Et sans cesse aux enfans de Mars
On vous propose pour exemple.

Nous qui ne sommes bons à rien
Quand nous ne nous portons pas bien,
Nous valons beaucoup moins encore ;
Aussitôt qu'un coup malfaisant
Nous a privé subitement
Du bonheur de revoir l'aurore ;
Et pour le dire en termes clairs,
Nous passons comme des éclairs,
Sans qu'aucun monument rappelle
A nos amis, à nos neveux,
Que, victimes de notre zèle,
Nous avons trépassé pour eux,
Pour eux, le prince et la patrie :
C'est dire qu'il n'est pas fort doux
D'avoir été tué pour tous,
Pendant que chacun nous oublie.

Cependant n'en concluez pas
Que nous craignons fort le trépas ;
Tout Français est un bon apôtre
Qui n'évite point les combats ;
Mais après tout, hors de ce cas,
Il aime à vivre autant qu'un autre.
Or, beaucoup pensent comme moi :
Il ne faut pas qu'on interpelle
Autrui dans sa propre querelle ;
Chacun doit se battre pour soi.

Ah ! direz-vous, grands politiques,

Il fait bon dans un cabinet
Parler des affaires publiques,
Et sans danger trancher tout net
Sur le destin des républiques !

Si c'est pour vous trop d'embarras,
Messieurs, ne vous en mêlez pas.
Tous ces travaux, toutes ces peines,
Que vous nous exagérez tant,
Ne sont pas de bien fortes chaînes ;
On peut les rompre, et cependant
Vous ne perdez pas un instant,
Vous n'épargnez point les fatigues,
Les soins et quelquefois l'argent,
Les bassesses et les intrigues.
Grands, ainsi vous vous démasquez
Et vos secrets vous divulguez ;
Dites qu'il n'est aucun remède
Contre le mal qui vous possède
Pour les dignités, les faveurs,
Les priviléges, les honneurs.
Ah ! si la peine vous obsède,
Vous y trouvez bien des douceurs !
Alors, cessez donc de vous plaindre,
Vils cabaleurs, vils charlatans,
Et joignez à tous vos talens
Au moins celui de savoir feindre.

Oui, malgré mes vœux pour la paix,
De courroux tout mon sang bouillonne,
Quand de leurs sublimes projets,
De leurs travaux, de leurs hauts faits,
Pour le soutien de la couronne,

J'entends des scribes, des commis,
Se vanter avec impudence ;
Comme si l'honneur de la France
Tenoit à leurs chétifs écrits !
Je le pardonne aux don Quichottes
Qui prenant le nom de héros,
Et qui sans boucliers, ni cottes,
Vont se faire casser le dos.
Aux braves laissons cet usage ;
Il leur convient d'être arrogans
Et de faire un peu les fendans,
Car c'est là tout leur apanage.
Mais moi je veux qu'un bon garçon
Ait plus de sens et de raison
Et se conduise à ma façon.


Je ne suis prince ; mais je jure
Que si jamais impertinent
Me faisoit une telle injure
Que de m'enlever mon argent,
Ou mes bijoux ou ma maîtresse,
A coup sûr il n'échapperoit
A ma colère vengeresse ;
Un pistolet le puniroit.
Oui, bravement la main armée,
Je lui ferois restituer
Mes trésors ou ma bien-aimée ;
Dussé-je me faire tuer.


Ambitieux, pourquoi de même
Entre vous n'agissez-vous pas ?
Pourquoi votre pouvoir suprême
Ne se passe-t-il de nos bras ?

Un prince d'illustre mémoire
Qui savoit chanter , rire et boire ,
Qui connoissoit bien l'art d'aimer
Et même celui de rimer ,
Pour son honneur , pour la patrie ,
Oubliant qu'il étoit mortel ,
Au roi puissant de l'Ibérie ,
Offrit un généreux cartel ;
Trait à jamais digne d'envie !
En vain les revers de Pavie
Atteignent ce preux chevalier ;
Tout Français ne peut oublier
Que le digne aïeul d'Henri Quatre
Sut bien régner et bien se battre.

Mais à quoi servent mes discours
Et pourquoi parler de la guerre ,
Puisque déjà de plus beaux jours
Commencent à luire sur terre ?
Puisque du temple de Janus
La porte est maintenant fermée ,
Tous nos malheurs sont disparus.
Une famille bien aimée ,
En dépit d'impurs jacobins ,
Nous promet les meilleurs destins.
Déjà ma muse pronostique ,
Sans être habile politique ,
Que nous n'aurons plus d'ennemis.
Les princes seront mieux unis ,
Ensemble on verra naître en France
Les plaisirs avec l'abondance ;
Les mères reverront leurs fils ,
Les filles auront des maris ,

Les vignerons de leurs serpettes
Ne feront plus des baïonnettes,
Les laboureurs pour leurs sillons
De leurs socs reprendront l'usage,
Et des cloches de leur village
On ne fera plus des canons.
Sans changer d'état, de fortune,
Sans savoir ni grec, ni latin,
On ne verra plus en tribune
Les orateurs de Saint-Crépin
Prouver que quand à la patrie
Un brave est voué pour jamais,
Il est, malgré l'académie,
Dispensé de parler français.
Les très-honnêtes sans-culottes
Reprendront leurs rangs et leurs noms,
Leurs métiers, leurs outils, leurs hottes,
Et leurs sabots et leurs haillons,
Sans craindre qu'aucun en pâtisse;
Car veut l'éternelle justice
Qu'à chacun ainsi qu'il convient
On rende ce qui lui revient.
Au lieu d'aller jusques au pôle
Et de là jusqu'à l'équateur
Pour faire preuve de valeur
Et convertir à notre école
Des gens qui nous prenoient pour fous,
Nous resterons chacun chez nous;
Et malgré l'humeur meurtrière
Des sacripans, des fier-à-bras,
Chacun au bout de sa carrière
Pourra mourir entre deux draps;
Chose qui n'étoit pas fort sûre

Quand gouvernoit la race impure
Des rois de révolution,
Piteuse génération !
Nous en avons l'expérience;
Or nous vivrons en conséquence
Sagement comme nos aïeux,
Et tout en ira beaucoup mieux.

Il y aura des hommes amoureux d'eux-mêmes, avares, glorieux, superbes, dénaturés, sans foi, sans parole, inhumains, traîtres, insolens, etc.; mais comme Jannès et Membrès résistèrent à Moyse, ceux-ci de même résistent à la vérité; ce sont des hommes corrompus. Mais le progrès qu'ils font aura des bornes; car leur folie sera connue de tout le monde, comme le fut alors celle de ces magiciens.

( Deuxième Ep. de St.-Paul à Timothée, ch. 3.)

FIN.

IMPRIMERIE DE P. GUEFFIER.

9 782014 038385